버핏과의 저녁 식사

〈K-픽션〉 시리즈는 한국문학의 젊은 상상력입니다. 최근 발표된 가장 우수하고 흥미로운 작품을 엄선하여 출간하는 〈K-픽션〉은 한국문학의 생생한 현장을 국내외 독자들과 실시간으로 공유하고자 기획되었습니다. 〈바이링궐 에디션 한국 대표 소설〉 시리즈를 통해 검증된 탁월한 번역진이 참여하여 원작의 재미와 품격을 최대한 살린 〈K-픽션〉 시리즈는 매 계절마다 새로운 작품을 선보입니다.

This 〈K-Fiction〉 Series represents the brightest of young imaginative voices in contemporary Korean fiction. Each issue consists of a wide range of outstanding contemporary Korean short stories that the editorial board of *Asia* carefully selects each season. These stories are then translated by professional Korean literature translators, all of whom take special care to faithfully convey the pieces' original tones and grace. We hope that, each and every season, these exceptional young Korean voices will delight and challenge all of you, our treasured readers both here and abroad.

버핏과의 저녁 식사
Dinner with Buffett

박민규 | 전승희 옮김
Written by Park Min-gyu
Translated by Jeon Seung-hee

ASIA
PUBLISHERS

Contents

버핏과의 저녁 식사
Dinner with Buffett

만사가 귀찮다고

버핏은 생각했다. 뉴욕으로 돌아가는 비행기 안에서
였다. 꿈틀대는 델러웨이 만(灣)의 물결을 바라보다 그
는 데비, 하고 비서의 이름을 불렀다. 나지막한 목소리
였다. 네, 라며 데비 존스가 얼굴을 내밀었다. 혹시 껌
가진 거 있나? 껌... 말입니까? 그래, 껌. 창에서 시선을
떼지 않은 채 버핏이 말했다. 잠시만 기다리십시오, 하
고 일어선 데비가 난감한 얼굴로 기내를 서성였다. 없
어. 없다네. 대부분 손을 내저었으나 상임이사인 클락
아이칸이 뜻밖의 조언을 해주었다. 브랜트에게 한번 가

Everything's so tiring,

That's what Buffett was feeling during his return flight to New York. He stared at the wriggling waves of Delaware Bay below and called his secretary: "Debbie." His voice was subdued. Debbie Jones' face peeped out. "Yes, sir?" "Do you have a stick of gum by any chance?" "Gum..., sir?" "Yes," Buffett said, still staring out the window. "Just a moment, sir." Debbie stood up and walked briskly down the aisle. Her expression showed that she was at a loss. "No." "I don't have one." Most people waved her away, but Clark Ican, the executive director, unexpectedly offered her advice. "Go ask

보게나, 브랜트라뇨? 클락이 눈짓으로 조종실을 가리
켰다. 아, 하고 데비는 고개를 끄덕였다. 브랜트 보우.
새로 온 기장의 이름이었다. 참 찰지게도 껌을 씹던 그
얼굴을 데비도 몇 번인가 스친 적이 있긴 했다. 기내전
화를 받은 것은 부기장인 로이였는데 잠시 후 문을 열
고 나온 로이로부터 데비는 트리던트(껌) 한 통을 얻을
수 있었다. 고마워, 라고 데비가 말했다. 하마터면 낙하
산을 매고 7-eleven 위에 뛰어내린 다음 망토를 펄럭
이며 비행기를 쫓아와야 할 뻔했어, 라고도 했다. 이걸
사들고 말이지. 껌을 흔드는 데비를 향해 로이는 매우
사무적인 미소를 지어 보였다. 조종실의 문이 다시 굳
게 닫혔다.

　　우물우물 껌을 씹으며 버핏은 여전히 창밖을 보고 있
었다. 어제오늘 뒤엉킨 일정처럼 필라델피아의 구름도
엉망으로 엉켜 있었다. 갑작스런 백악관의 호출이 원인
이었다. 무슨 일이십니까 각하? 대통령은 긴히 자문을
구할 일이 있다는 말을 장장 5분에 걸쳐 늘어놓았는데,
또 한마디로 간추리자면 전화로는 결코 말할 수 없는
성질의 이야기란 것이었다. 긴박한 일입니까? 버핏이

Brant." "Brant?" Clark indicated the cockpit with his eyes. "Oh," Debbie nodded. Brant Bow was the new pilot. Debbie had seen him chewing gum several times. Assistant Captain Roy answered the intercom, but Roy came to the door and gave Debbie a pack of Trident. "Thank you," she said, adding, "If you hadn't had this on you, y'know, I might have had to parachute down onto the roof of a 7-eleven store, buy it, and then chase after an airplane, my superhero cape fluttering all the while." Debbie waved the gum, and Roy gave her an exaggerated, formal smile. The cockpit door closed again.

Buffett chewed gum with his mouth firmly shut while looking out the window. The clouds over Philadelphia were a tangled mess, like his complicated schedule yesterday and today. His schedule had become so complicated after getting an unexpected call from the White House. "What's the matter, sir?" The president went on and on for five minutes, telling Buffett that he desperately needed his advice. The long and short of it was that they could not discuss this subject on the phone, though. "Is it really that urgent, sir?" Buffett asked, to which the president emphatically replied, "*More*

묻자 더할 나위 없이, 라고 대통령은 힘을 주어 얘기했다. 알겠습니다 각하. 그리고 모든 것이 헝클어졌다. 우선 전미 투자자협회에서의 연설을 취소해야 했고, 오늘 저녁 잡혀 있던 두 개의 인터뷰가 급히 연기되었다. 스미스 앤 월런스키(뉴욕의 레스토랑)에서 예정된 점심 식사도 저녁으로 미뤄야 했다. 자선경매에 무려 172만 달러를 쏟아 부은 낙찰자를 위한 행사였다. 흔쾌히 수락해 주셨습니다. 가슴을 쓸며 전해온 재단 관계자의 목소리가 말해 주듯, 느긋한(그럴 것 같은) 성격의 낙찰자를 만난 것이 그나마 다행이었다.

워싱턴에서의 간담은 그야말로 무어라 말할 수 없는 성질의 것이었다. 아내 몰래 전 재산을 주식으로 날려먹은 투자자처럼 대통령은 불안하고 침통한 얼굴이었다. 대체 무슨 일입니까 각하? 단둘이 남은 집무실에서 버핏은 신중한 투로 질문을 던졌다. 잠시 아랫입술을 깨물던 대통령이 곧이곧대로 이 상황을 이해해 주셔야 합니다, 하고 말문을 열었다. 아마도 반(反)월가 시위에 관한 게 아닐까 싶었던 버핏의 예상이 보기 좋게 미끄러지는 순간이었다. 시간이 흐를수록 버핏의 미간에 폭

than anything." "Yes sir! Be right there, sir!" And then everything had been a mess.

First, he had had to cancel his address at the American Association of Investors. Two interviews scheduled for the evening were immediately postponed. He also had to postpone his lunch at Smith & Wollensky in New York until dinnertime. This was an event for the winning bidder who had given no less than $1,720,000 at the charity auction for Buffet's foundation. "He graciously agreed." As the tone of the foundation official suggested, it was lucky that the bidder seemed easygoing.

The meeting in Washington was hard to describe. Like an investor who had just lost all his assets in the stock market behind his wife's back, the president looked uneasy and solemn. When the two were alone, Buffett discreetly asked him what was the matter. After a pause the president, who had been biting his lip until then, began, "You really have to understand the current situation." Buffett's guess had been that it might have to do with the Occupy Wall Street demonstration, but this was completely off the mark. As time went by, Buffett's brow furrowed more and more, like a rippling wa-

포수 같은 주름이 늘기 시작했다. 그 순간 홀연히 신의 손길이 강림하사 나이아가라를 통째 옮겨와 그의 이마에 박아둔 듯하였다. 한 시간이 넘도록 설명은 이어졌다. 요약컨대 지금, 그들이 오고 있다는 내용이었다. 어쩌면 좋겠소? 라는 대통령의 물음에 하마터면 버핏은

　　그 얘기를 왜

　지금에 와서야 하는 겁니까? 라고 말할 뻔했다. 흠, 하고 대신 헛기침을 뱉은 버핏이 솔직히 말씀드리자면 각하, 하고 입을 열었다. 저는 어떤… 투자에 관련된 일이 아닐까 하고 달려온 것입니다. 국가적 차원의 투자라거나 연방준비은행(FRB)과의 문제… 혹은 월가와 관련된 골치 아픈 현안일 거라 막연히 생각한 게 사실입니다. 투자를 하거나 투자를 받거나… 즉 외람된 말씀이오나, 저는 돈을 버는 일 외엔 달리 아는 게 없는 평범한 인간입니다. 지금 말씀하신 문제는… 하고, 버핏은 한동안 말을 잇지 못했다.

　알고 있소, 라고 대통령이 대신 입을 열었다. 어느 누

14

terfall. It was as if God's hand had suddenly de-
scended, shifted all of the Niagara Falls aside, and
substituted it for Buffett's forehead. The president's
explanation continued for more than an hour. To
sum it all up, however, the president's words were
clear: *"They're coming now."* When he asked Buffett
what he should do Buffett almost snapped,

"Why are you asking me this

now?" Instead, he cleared his throat and said,
"Frankly speaking, Mr. President, when I rushed
over here, I was under the vague assumption that
you wanted me for something related to invest-
ment-making... national-level investments or the
Federal Reserve Bank. Or, maybe something trou-
blesome related to Wall Street. To invest or to
open up to other investors... In other words, Mr.
President I wouldn't want to present myself under
false pretenses—I'm an investor, no more no less.
But what you've just told me..." Buffett couldn't go
on any longer.

"I know," the president interrupted, "This is
something no one would dare to take lightly. That's
why we'd like to pick your mind. Of course, we

구도 감히, 또 섣불리 판단할 수 없는 문제란 걸. 그래서 당신의 직관력에 기대를 거는 것이오. 물론 모두의 지혜를 모아야겠지. 아마도 미합중국 역사상 가장 위대한, 또 올바른 혜안이 필요한 시점일 것이오. 지금 이 사실을 몇 사람이 알고 있습니까? 버핏이 물었다. 극소수요, 라고 대통령이 답했다. 그런 정보들은 있습니까? 버핏이 다시 물었다. 이를테면 그들에게도 돈이란 게 있는지... 즉 화폐라든가 가치의 개념 말입니다. 또 그들에게 인류가 어떤 가치를 지녔는지 말입니다. 그건, 하고 깍지 낀 두 손에 이마를 지그시 갖다 대며 대통령이 답했다. 알 수 없는 일이잖소.

일단은 돌아가 주신 자료들을 읽고, 또 읽고 생각을 해 보겠습니다. 버핏이 말했다. 지금 당장은 마음의 평정을 유지하시라는 말밖엔 드릴 것이 없군요, 라고도 했다. 대통령은 묵묵히 고개를 끄덕였다. 믿음을 송두리째 잃어버린 모세와 같은 표정이었다. 각하, 하고 집무실을 나서기 전에 버핏이 말했다. 투자가로서가 아니라... 오랜 친구로서 한마디 해도 되겠습니까? 40년 넘게 우정을 쌓아온 친구로서 대통령이 고갤 끄덕였다.

need to welcome everyone's input. Now may be when we'll need the best, most precise insights." "How many people know about this now, sir?" asked Buffett. "Only a few," answered the president. "Do we have any information about them?" Buffett asked. "For example, whether they use money, whether they have the concept of money, currency, or even value? Or, what value humanity presents for them?" "Well, that," the president said, locking his hands together and pressing them gently to his forehead, "is impossible to know."

"For now, I'd like to go and read the materials you gave me, sir. I'll read them over again and think about them," Buffett frowned. "Right now, all I can tell you is to remain calm." The president nodded and said nothing more. He looked like a Moses who had lost his faith. "Mr. President," said Buffett, "May I add one more thing, not as an investor but ... as an old friend?" The president, who had known Buffett for over four decades, nodded. "We have been," said Buffett forcefully, "doing our best, haven't we?" The president didn't affirm or deny this. "I believe that's our 'value.' Since we have value, I'm sure we'll find a solution." The President just stared down at the floor blankly, and then finally

우리는, 하고 버핏은 힘을 주어 말했다. 최선을 다해 왔습니다. 그렇지 않습니까? 대통령은 긍정도 부정도 하지 않았다. 저는 그것이 우리의 '가치'라고 생각합니다. 가치를 지닌 이상 우리에겐 분명 해법이 있을 거란 얘기지요. 잠시 바닥을 응시하던 대통령이 고맙소, 라고 답했다. 애써 긍정적인 미소를 지어 보이며 버핏은 집무실을 나왔다.

단물이 빠진 껌에서 더는 수박맛이 느껴지지 않았다. 그래도 여전히 버핏은 껌을 씹고 있었다. 뉴저지의 창공엔 평탄하면서도 광활한 구름이 펼쳐져 있어 마치 드넓은 중부의 목화밭을 내려다보는 느낌이었다. 버핏은 문득 자신의 어린 시절을 떠올렸다. 대여섯 살 때였나? 동네 친구들에게 처음으로 껌을 팔던 때의 감정도 되살아났다. 길고 끔찍한 가뭄처럼 대공황이 사람들의 피를 말리던 시절이었다. 이어지던 전쟁과 오일쇼크도 떠올랐다. 처음 회사를 인수했을 때의 감격도... 결혼을 하고... 큰아들이 태어났을 때의 흥분과... 처음 기부를 했을 때의 감정도 어렴풋이 살아났다. 케네디의 죽음과 아폴로의 달 착륙... 최초로 우주왕복선이 귀환하던 장

responded, "Thank you." Taking pains to wear a positive smile, Buffett left the office.

He could no longer taste the watermelon flavor of the gum but Buffett continued chewing anyway. Because there was a vast, even expanse of clouds over New Jersey, he felt like he was looking at immense cotton fields of the Midwest. Suddenly Buffett remembered his childhood. Was it when he was five or six? It came back to him vividly: how he felt selling gum to his neighborhood friends. The Great Depression was sucking people dry like a long and dreadful drought. He remembered the ensuing war and later, the oil crisis. And then, how moved he was when he first took over a company... his wedding... his excitement when his first son was born... his feelings when he made his first donation—they all rushed back in hazy, distorted images. He pictured the death of Kennedy, the first moon landing of Apollo 11, and the moment when the first space shuttle returned. Investments, takeovers, achievements... When had he been on the covers of *Time* and *Fortune* for the first time? And then, Buffett remembered hanging the signboard for Yorkshire Hathaway. These things had all happened in the twentieth century. He thought that

면을 그는 떠올렸다. 투자와 인수... 성과... 자신이 처음으로 《타임》지와 《포춘》의 커버를 장식한 때가 언제였던가, 그리고 또... 요크셔 해서웨이의 현판을 걸던 일을 버핏은 떠올렸다. 모두가 20세기에 일어난 일이었다. 인간은 시대라는 배를 탄 선원과 같고, 자신은 위대한 투자의 시대를 살아왔다고 그는 생각했다. 그 시대는 아직 끝나지 않았다. 그러나 어쩌면, 이미 단물이 빠져버린 세기의 일들을 여전히 해오고 있는 게 아닌가... 생각도 드는 것이었다. 여전히 입 속에 껌을 가둔 채

그는 데비, 하고 나지막이 중얼거렸다. 뉴욕이 가까워지고 있었다. 이해할 수 없는 어떤 미래가 닥쳐온다 한들 그에겐 지금 당장 해야 할 일들이 남아 있었다. 저녁 일정엔 차질이 없겠지? 버핏이 물었다. 그럼요. 자신만만한 얼굴로 데비가 답했다. 시간은 언제인가? 6시로 잡혀 있습니다. 메뉴나 그런 것에 특별히 신경을 썼으면 하는데... 왜냐면 이미 낙찰자에게 큰 실례를 범한 셈이지 않나. 손수 안경알을 닦으며 버핏이 말했다. 물론입니다, 오전에 지배인과도 통화를 했고 버핏 씨의 행사인 만큼 만전을 기하겠다는 얘길 들었습니다. 또 예

people were like sailors on a ship, sailing across time itself, and that he had been living in the great age of investment. That age was not yet over. But, he also wondered if he was perhaps, still carrying out the business of the past century, the sweet flavor of which had already vanished. He was still chewing his gum.

Quietly, he called, "Debbie." They were approaching New York. Whether the inscrutable future was drawing near or not, he had things to attend to right away. "Everything's fine with the evening schedule?" Buffet asked. "Yes, sir," Debbie answered, confidently. "What time is it going to be?" "Six o'clock, sir." "I'd like us to pay special attention to the menu. Haven't we been already rude to the gentleman?" Buffett said, wiping his eyeglasses himself. "Of course, sir. I talked with the manager in the morning. He said that he would aim for perfection because this is Mr. Buffett's event. Also, since it will be a much smaller event than usual, I don't think there's too much to worry about," Debbie said. "A smaller event?" Buffett's brow furrowed slightly as he looked at his eyeglasses from different angles, examining them under the cabin light. "Yes, although the rule allows

년과 달리 오붓한 식사가 될 것 같으니 큰 부담은 갖지 않으셔도 좋을 것 같구요. 데비가 말했다. 오붓이라고? 실내등에 이리저리 안경알을 비춰 보던 버핏의 미간에 살짝 주름이 패였다. 네, 경매규정엔 낙찰자에게 일곱 명의 동료를 합석시킬 수 있는 권리가 주어지는데 이번 낙찰자는 혼자 참석하겠다는 의사를 밝혔습니다. 즉 버핏 씨와 낙찰자... 그리고 통역 한 사람이 전부인 셈입니다. 통역? 네, 올해의 낙찰자가 한국인입니다. 재단에서 건네받은 자료엔 안(Ahn)이라고 나와 있군요. 아~ㄹ안(Aarhn)? 하고, 버핏이 말하자 저기 버핏 씨... 하며 데비가 손수건을 내밀었다.

그 껌은 이미 투자가치를 상실한 것 같습니다.
아, 이거? 고맙네.

그러고 보니 미세스 임이 한국계였지 아마? 안경을 고쳐 쓰며 버핏은 전직 비서였던 임을 떠올렸다. 바로 그 미세스 임을 통해 통역을 소개받았습니다. 아무래도 믿을 만한 사람이 필요하고, 또 우리 쪽에서 통역을 구하는 것이 여러 모로 좋을 듯해서 말이죠. 임의 친척이

him to bring up to seven friends, this time the win-
ning bidder told us that he wanted to attend alone.
In other words, you, sir, the winning bidder, ...and
a translator, will be the only ones present." "A
translator?" "Yes, the winner this year is a Korean.
His name is Ahn, according to the material sent
from the foundation." "Aarhn?" "Mr. Buffett..." Deb-
bie said, handing him a handkerchief.

"That gum seems to have already lost its investment value."
"Oh, this? Thank you."

"By the way, Mrs. Lim was Korean, right?" Buffett
adjusted his glasses and thought of Lim, his former
secretary. "We were introduced to this translator
through Mrs. Lim. We need a reliable translator,
and in many ways it would be better for us to get
one. She's also Mrs. Lim's relative. A Harvard grad-
uate, and here's the résumé..." "That's all right," Buf-
fett said, cutting Debbie short. "Lim's a very trust-
worthy person, and your choice is always
excellent. Good work, Debbie. By the way, who's
the winning bidder? An Asian businessman?"

"Well, that part's a bit concerning... He doesn't
have a résumé. Even though the foundation asked

기도 하답니다. 하버드를 졸업했고 여기 프로필이... 됐네, 데비의 말을 끊으며 버핏이 말했다. 임은 정말 믿을 수 있는 친구이고 자네의 선택은 늘 탁월하지, 수고했네 데비. 그나저나 어떤 인물이지? 아시아 쪽의 사업가인가?

　그 부분이 좀 마음에 걸리는데... 특별한 프로필이 없습니다. 재단의 요구에도 딱히 자신의 프로필을 밝히지 않았다는군요. 직접 작성한 서류엔 '시민'이라고 쓰여 있습니다. 시민? 이라며 버핏의 눈이 커다래졌다. 그렇습니다, 게다가 이메일을 주고받을 땐 –평범한– 이라는 표현을 썼다더군요. 재밌는 양반이로군, 하고 버핏은 미소 지었다. 진정한 기부자들은 숨어 있기 마련이지, 라는 말을 붙이기도 했다. 더 흥미로운 건 나이입니다, 하고 데비가 말했다. 28세.

him to send one he didn't send a real résumé. The document he filled out describes him as 'a citizen.'" "A citizen?" Buffett's eyes grew large. "Yes, sir. And besides, they said that he added the epithet '*ordinary*.'" "What an interesting person!" Buffet said, smiling. "True donors don't reveal their identity, I suppose." "What's more interesting is his age," Debbie added. "He's twenty-eight."

"Wow!"

"Twenty-eight?" "Since he actually wrote it himself, it couldn't have been a mistake. He probably isn't forty-eight." "A man in his twenties who offers 1.72 million dollars... A Korean Mark Zuckerberg?" Buffett said. "He doesn't seem like a celebrity. Since he asked to the foundation not to reveal his identity, his name hasn't been publicized." "Really?" Buffet adjusted his tie. "Then, maybe he's not in business... Surely he isn't the imprudent son of some sort of magnate?" "Would it matter?" Debbie shrugged. "Anyway, since no problem turned up in his background check, it doesn't seem like we have to worry." "I wasn't worrying much," Buffet shrugged as well. "It's just dinner, isn't it?" "Yes, sir. It's just dinner."

와우!

스물여덟이라고? 본인이 기재한 내용이니 마흔여덟일 리는 없겠지요. 172만 달러를 지불한 20대라... 한국의 마크 주커버그인가? 버핏이 물었다. 유명인은 아닌 것 같습니다. 특히 신분을 밝히고 싶지 않다는 의견을 재단에 피력, 낙찰 후에도 언론에 노출되지 않았구요. 그것 참, 하며 버핏은 넥타이를 고쳐 맸다. 그렇다면 사업가는 아닌 듯한데... 설마 철딱서니 없는 재벌 2세는 아니겠지? 무슨 문제겠습니까? 하고 데비가 어깨를 으쓱, 했다. 아무튼 신원조회에선 문제가 없었다니 크게 신경 쓸 일은 아닐 듯합니다. 그다지 신경을 쓴 건 아니라네, 하고 버핏도 어깨를 으쓱, 했다. 어차피 저녁 식사이지 않은가. 그렇습니다, 저녁 식사죠.

그나저나 간단하게라도 뭘 좀 가져다 드릴까요? 데비가 물었다. 실상 버핏은 점심을 건너뛴 셈이었다. 긴박한 일정 때문은 아니었다. 예상보다 일찍 끝난 접견 때문에 도리어 한 시간가량의 여유가 있기도 했다. 속이 불편하지도 않았고 워싱턴의 음식이 싫은 것도 아니었

"At any rate, shall I perhaps bring you a snack?" Debbie asked. Buffett had, in fact, skipped lunch, and not because of his tight schedule. Since the meeting had ended sooner than expected, he actually had about an hour on his hands. He didn't have any stomach trouble, nor did he dislike the food in Washington. There was no particular reason for his sudden loss in appetite. "After hearing such news, it's probably normal for anybody to lose his appetite..." Remembering his meeting at the White House, Buffett waved his hand. "Are you all right, sir?" Debbie asked. "I'm really fine," Buffet said. He popped a stick of gum in his mouth and began chewing. There was an intense burst of watermelon flavor. "Don't forget to spit out the seeds," Debbie said, smiling. Buffett knew she was trying to lift his spirits.

"Thank you," he answered. "And Debbie..." Buffett glanced towards the window. "No, no, it's nothing," he said hastily when Debbie turned towards him. Debbie blinked and said, "Please let me know if you need anything," and left. For Debbie, a busy time was approaching once again. A brief message could be heard from the airplane speakers an-

다. 말하자면, 그냥 그랬다. 그런 얘길 듣고 나면 누구라도 입맛이 사라지는 게 정상이겠지... 백악관에서의 일을 떠올리며 버핏은 손사래를 쳤다. 어디 불편하신 건 아니죠? 데비가 물었다. 정말 괜찮다네, 하고 버핏은 다시 껌을 꺼내 씹기 시작했다. 진한 수박향이 새어 나왔다. 씨는 뱉으셔야 합니다. 미소 띤 얼굴로 데비가 말했다. 뭔가 분위기를 바꿔보려는 노력임을 눈치 못 챌 버핏이 아니었다.

고맙네, 라고 그는 답했다. 그리고 데비... 다시 창밖으로 시선을 돌리며 버핏이 말을 이었다. 아니, 이으려다 정작 데비가 귀를 기울이자 아니, 아무것도 아니라네, 라며 말을 흐렸다. 잠시 눈을 깜박이던 데비가 필요한 게 있음 언제든 말씀해주십시오, 하고 자리를 떴다. 데비로선 또 분주한 시간이 다가오고 있는 셈이었다. 뉴욕 상공에 진입하고 있음을 알리는 짧은 멘트가 기내 스피커를 통해 흘러 나왔다. 트리던트 껌의 실소유자, 브랜트의 감미로운 목소리였다. 평형을 유지한 채 커다란 궤적의 커브를 돌고 있는 기내에서

nouncing that they were now approaching New York. It was the sweet voice of the Trident gum owner, Brant. Inside the airplane that was making a serene, wide turn

Buffet was telling himself he should remain calm as usual. He also reminded himself of his investment principle that you have to choose the comprehensible. Even though an incomprehensible future was coming, he figured it wouldn't be his. He also thought there would be quite a lot of time until then. Chewing gum that still oozed its sweetness, he adjusted his seat back and picked up a *New York Times*. It was comforting to see that it still featured as many stories today as it did sixty years ago, when he had purchased his first newspaper ever.

That was especially how he felt that day.

평상심을 잃지 말자고 버핏은 스스로를 다독였다. 보다 단순히, 이해 가능한 것을 선택하라는 자신의 투자 방침을 되새겨도 보았다. 그 누구도 이해할 수 없는 미래가 온다 한들, 그것이 자신의 시대는 아니라고 그는 생각했다. 많다면 많은 시간이 남아 있다고도 생각했다. 단물이 아직 남아 있는 껌을 씹으며 그는 자세를 고쳐 앉고 신문을 집어 들었다. 처음 신문을 읽기 시작한 60년 전과 마찬가지로 많은 얘깃거리가 실려 있는 《뉴욕타임즈》였다.

오늘은 특히 그런 느낌이었다.

*

데비 존스는 정신이 하나도 없었다. 낙하산을 매고 뛰어내린 후 껌 한 통을 사들고 변신, 망토를 펄럭이며 비행기를 쫓아간다 한들 이보다는 낫겠다 생각이 들 정도였다. 우선 길이 막혔다. 어디가 어떻게, 어느 정도 막힌

*

Debbie Jones was completely flustered. She thought it would be much easier for her than now, even if she just had had to parachute down, buy a pack of gum, fling off her pedestrian trappings, and then return to the sky to give agonizing chase to that airplane, her cape fluttering. Above all, the roads were miserable. This was no ordinary traffic jam, either. It felt as if God had rendered judgment on the city by drenching New York's streets in glue —especially the channels connecting Queens and Manhattan. If she had known ahead of time, Debbie certainly would have arranged for a helicopter, but who could have predicted that God Himself (This traffic jam covered too large an area to be manmade, amen!) would glue the cars to the road? Debbie stared at that endless streams of immobile cars and felt her hair turning white. Demonstrations were surely contributing to the gridlock, too. The Wall Street demonstration had been heating up. And now, as a result, it looked as if both demonstrators and police were siding with God. "How much time do we have left?" This was the first time Debbie had ever seen Buffett anxious.

것이 아니라 오늘 오후 신의 손길이 강림하사 뉴욕의
도로를 본드로써 심판하신 느낌이었다. 퀸즈와 맨하탄
을 잇는 길들이 특히 그랬다. 결과를 알았다면 분명 헬
기라도 준비했을 데비였으나 무려 신이(인간이 만들어낸
교통체증이라 여기기엔 그 범위가 너무나 광범위하였도다 아
멘), 본드로 차들을 묶어놓을 줄 그 누가 알았겠는가. 꼼
짝 않는 차들을 바라보며 데비는 머리가 하얗게 세는
기분이었다. 시위도 한몫 거들었다. 가뜩이나 열기가
번지고 있는 반월가 시위여서 결과적으로 시위대와 경
찰 모두가 신의 편에 가세한 셈이었다. 시간이 얼마나
남았지? 초조해하는 버핏의 표정을 본 것도 데비로선
처음이었다.

　지금 통역을 맡은 캐리 킴이 낙찰자를 만났다고 합니
다. 직접 만나보니 꽤 유쾌한 친구여서 즐거운 시간을
보내고 있다는군요. '즐거운'에 힘을 실어 데비가 얘기
했다. 줄어드는 시간을 말하기보다는, 아무래도 그편이
도움이 될 것 같아서였다. 그러면서 자신은 쉴 새 없이
시계를 훔쳐보았다. 타임스퀘어 광장을 겨우 벗어났을
뿐인데 시간은 20분도 더 남아 있지 않았다. 게다가 눈

"Carrie Kim, the translator, said that she'd just met the winning bidder. She said he was a very pleasant guy and she was having a good time," Debbie emphasized "good." That seemed more helpful than mentioning the time they had left until their scheduled meeting, ticking steadily down. Nevertheless, Debbie herself kept glancing at her watch. They had just gotten out of Times Square, but they had less than twenty minutes left. On top of that, the invisible glue that God Himself had spread on the road seemed to be hardening as time went by. "Carrie, how are things there? If it's ok with you, why don't you and Mr. Ahn go ahead and take a seat? And please try your best to let him understand our situation. I mean these damn roads— these goddamn New York roads—No, perhaps— that's right! That should be better. Tell him that Mr. Buffett just met the president of the United States of America... and that something unexpected... and inevitable... a small problem occurred... Mr. Buffett is very sorry and we are now doing our best... Yes... that should be it." Debbie was sweating hard, looking at the rear end of a silver Toyota she had been staring at for an hour.

Don't worry.

에 보이지 않는, 신께서 손수 뿌리신 길바닥의 본드가 시간이 지날수록 굳어가는 느낌이었다. 캐리, 그쪽 상황은 어떻습니까? 괜찮으면 미스터 안과 먼저 입장을 하시죠? 그리고 그에게 이쪽 사정을 최대한 납득시켜 주시기 바랍니다. 그러니까 뉴욕의... 이 망할 도로 사정에 대해 말입니다... 아니, 그보다... 그래요, 그게 좋겠군요. 현재 버핏 씨는 미합중국 대통령을 접견하고 가는 길이다... 예, 그래서 예상치 못한... 또 불가피한... 약간의 문제가 발생하였다... 이 점에 대해 버핏 씨는 매우 유감스럽게 생각하고 있으며 우리는 지금 최대한... 예... 그렇죠. 한 시간 전부터 보아온 은회색 도요타의 꽁무니를 바라보며 데비는 진땀을 흘려댔다.

　걱정마세요.

　급박한 데비의 심정에 비해 돌아온 캐리의 답변은 더없이 밝고 경쾌한 것이었다. 서른다섯 살의 이 노처녀는 깔깔거리기까지 했다. 옆에서 떠드는 낙찰자(아마도)의 목소리도 들을 수 있었다. 서로 한국말로 무어라 주거니 받거니가 있은 다음 캐리가 다시 영어로 말했다.

Compared to Debbie's sense of urgency, Carrie's reply couldn't have been brighter and lighter. This thirty-five-year-old spinster was even giggling. Debbie could also hear the winning bidder (maybe), talking loudly nearby. After chatting with each other in Korean for a while, Carrie said again in English, "Do you know what this guy told me? He said it would be totally ok with him for you to be late. And... he also proposed to wait at a McDonald's and have a Big Mac since we might get hungry. Of course, I'm sure he was joking..." "Oh," Debbie's voice brightened. "Carrie, please tell Mr. Ahn that we're truly grateful for his thoughtfulness, his positive thinking and... kind consideration... Yes, that's right. We're now about to cross the Queensboro Bridge. Soon, Roosevelt Island—Oh, no!" Debbie's voice darkened again. It seemed clear at first glance that God had decided to punish this road of all the many roads in New York especially harshly. "Carrie!" Debbie had to let her ally know this fact. Although she had said euphemistically that they would most likely be late, she was in fact feeling as if she were reciting the Apocalypse. She also had to rush to call Smith & Wollensky and explain their situation. The manager acknowledged her predicament at the other end of the line, but the situation

이 친구가 지금 뭐라고 하는지 아세요? 얼마든지 늦으셔도 된대요. 또... 배가 고플지 모르니 우선 맥도날드에서 빅맥을 먹으며 기다리자고 하네요. 물론 농담이겠지만 말이죠. 하, 하고 데비도 조금은 목소리가 밝아졌다. 캐리, 하고 데비는 말했다. 미스터 안께 전해 주시기 바랍니다. 귀하의 깊은 이해심과 긍정적인 사고... 또 인간적인 배려에 대해 진심으로 감사 드린다고 말입니다... 네, 그래요... 지금 우리는 퀸스보로 다리에 올라서기 직전입니다. 루즈벨트 아일랜드가 곧... 오, 이런! 데비의 목소리가 다시 어두워졌다. 그저 한눈에도 뉴욕의 많은 도로 중에서도 특별히 이 다리를 신께서 심판하러 오셨다는 사실을 알 수 있었기 때문이다. 캐리, 하고 데비는 동맹군에게 이 사실을 제대로 전달해야 했다. 아무래도 늦을 것 같다는 완곡한 표현을 쓰긴 했으나 실은 묵시록을 읊는 기분이었다. 다급히 전화를 걸어 스미스 앤 윌런스키의 지배인에게도 사정을 설명해야 했다. 전화기 너머에서 흔쾌히 지배인은 고개를 끄덕였으나 그렇다고 사정이 달라진 건 아니었다. 차는 여전히 제자리였고, 다만 변한 게 있다면 도요타 대신 낡아 빠진 갈색 포드의 걷어 차주고 싶은 꽁무니가 앞에 있다는 사실뿐

didn't change. They were still stuck in the same place. The only thing that had changed was that they were now tailing a beat-up old brown Ford instead of a Toyota, which made her feel like running out and giving it a hard boot. Heavy silence reigned in the car. This was a time that tried everyone's patience.

"It isn't your fault, is it?" Buffett tried to console, instead of blaming Debbie. "It's nobody's fault," Buffett said, and looked out the window. An event for which 1.72 million dollars had already been paid, and besides, an event that had been rescheduled for a new time at his request... In the end, he had to watch that time pass by while on a bridge overlooking Roosevelt Island. And that still wasn't all of it. Thirty minutes? No, maybe fifty minutes. Now, Debbie had to offer a *realistic* prediction of how late they would actually be. She thought it was important that they didn't make another mistake. She bit her lip and then sent a text message to Carrie, "ETA 7 p.m." This was an hour later than they had promised. It was lucky that this event hadn't been publicized. Even luckier was the fact that the winning bidder was supposed to be a very pleasant person. "I wonder... No matter how big the traffic

이었다. 무거운 정적이 차 안을 감돌았다. 모두의 인내가 필요한 시간이었다.

　자네의 잘못이 아니지 않은가? 버핏은 오히려 데비를 위로했다. 누구의 잘못도 아니라네. 창밖을 바라보며 그렇게도 중얼거렸다. 172만 달러가 지불된, 게다가 이쪽의 요구로 미뤄진 약속시간을... 결국 일행은 루즈벨트 섬이 보이는 다리 위에서 맞아야 했다. 그게 다가 아니었다. 30분? 아니, 50분이 될지도 몰라... 이제 데비는 과연, 얼마나 늦을 것인가를 현실적으로 예측해야 하는 처지였다. 중요한 건 실례를 반복하지 않는 거라고 데비는 생각했다. 그는 잠시 입술을 깨물었고, 아예 한 시간을 더 늦춘-7시 예정-이란 문자를 캐리에게 전송했다. 예년과 달리 언론에 노출된 행사가 아니란 점이 그나마 다행한 일이었다. 스무드한 타입의 낙찰자를 만난 것은 그보다 더 다행한 일이었다. 자꾸만 시간이 흐르고 있었다. 전 정말 궁금한 게 말입니다... 아무리 차가 밀린다 해도 맨 앞이라는 게 있을 거 아닙니까? 맨 앞에 있는 그 차는 왜 운전을 안 하는지 모르겠다 이 얘기죠. 읊조리듯 운전사인 카터가 푸념한 게 전부일 뿐, 차 안의 누구도 말이 없는 시간이었

jam is, don't all traffic jams have to have some kind of beginning? I wonder who that first car is, why it won't move." their driver Carter complained somewhat wearily. No one in the car responded. His eyes patiently closed,

Buffett was deep in thought. "What news and tid-bits of information should he share with his guest?" He was making some mental calculations about the generous winning bidder. He thought of a few in-vestment possibilities and a few good ways he could hint at them. When and where to make use of that information was up to the young Asian man. Although Debbie had praised him as a very inter-esting and unique sort of gentleman, Buffett's thoughts were quite different. This fellow had paid 1.72 million dollars for the meal. Buffett thought that this young man had been generous only be-cause he expected a return, a "value" double or tri-ple that 1.72 million dollars. Businessmen knew well that courtesy and promises were simply ac-cessories to the formal attire of "value." Politicians, not to mention investors, of course, always dropped pins and handkerchiefs, only because those formal suits were so thick, like suits of ar-mor. It was impossible to accessorize them in such a manner. At any rate, Buffet felt he had an obliga-

다. 지그시 눈을 감은 채

버핏은 생각에 잠겨 있었다. 어떤 정보가 좋을까... 크나큰 관용을 베풀어준 낙찰자를 위해 그는 자신의 머릿속을 점검하는 중이었다. 몇 군데의 투자처와 그것을 암시해 줄 좋은 표현들도 생각해 두었다. 언제 어떻게 그 정보들을 활용하는가는 그, 젊은 동양인의 몫일 것이다. 매우 흥미롭고 특별한 신사라고 데비는 그를 추어올렸으나 버핏의 생각은 그와는 한참 다른 것이었다. 172만 달러를 건 식사이다. 그가 보여준 관용은 적어도 172만 달러의 갑절은 되는, 아니 그 이상의... 그가 기대하는 '가치'에서 비롯된 것이라 버핏은 생각했다. 예의나 약속이 실은 가치라는 정장을 장식하는 액세서리에 불과하다는 것을 사업가들은 잘 알고 있다. 투자가들은 말할 것도 없으며... 정치가들이 늘 핀이며 손수건을 흘리는 이유는 그 정장이, 무려 갑옷만큼이나 두꺼운지라 그런 액세서리들을 붙일 만한 자리가 없기 때문이다. 어쨌거나 버핏에겐 대가를 지불해야 할 의무가 있었다. 오늘 그가 투자한 172만 달러가 노숙자와 빈민들에게 연간 100만 그릇의 식사로 돌아간다는 점을 생각한다

tion to reward this mystery donor. This obligation was even clearer, when Buffet thought that 1.72 million dollars could pay for a year's worth of meals for a million homeless and poor individuals. "I wonder why that car at the front of the line isn't moving." Buffett smiled wryly as he listened to Carter's complaints. "That's because you don't see what's going on at the front of the line," Buffett thought. Buffett gazed out the window. That car's accelerator was being tortured. The driver of that first car kept tapping at the gas pedal, so why wasn't the car moving? He stared at the long lines of cars ahead. Whatever conditions might exist on other planets, he knew that this was the reality here on earth. What was a "donation?" It was someone taking the excess gasoline out of that first car and bringing it back here... "That's what it is," he muttered. He thought

something,

something only Buffett could know. For a while he frowned, but soon regained his usual equanimity. He fumbled in his pocket for gum but all he found was an empty packet. "Debbie," he called and then said, "No, nothing," turning his gaze toward the window. The cars covering the roads of

면 더욱 그랬다. 맨 앞에 있는 그 차는 왜 운전을 안 하는지 모르
겠다 이 얘기죠. 카터의 푸념을 넘겨들으며 버핏은 쓴웃음
을 지었다. 그건 자네가 맨 앞의 풍경을 본 적이 없어 그
런 거라네, 라고도 생각했다. 물끄러미 버핏은 창밖을
바라보았다. 밟았다 뗐다 밟았다 뗐다 스스로의 액셀을
고문해 가며 맨 앞의 그 차는 왜 운전을 안 하지? 늘어
선 차들을 지켜보았다. 다른 별에선 어떨지 몰라도 적
어도 지구에선 이것이 현실임을 그는 알고 있었다. 기
부란 무엇인가? 도대체 누가, 맨 앞에 있는 그 차의 남
아도는 휘발유를 빼서 여기까지 가져다 주겠느냐 그 얘
기다... 그런, 얘기란, 말이다... 속으로 중얼거리며 그는

어떤

생각을 하였는데, 그것이 어떤 생각인지는 버핏 자신
만이 알 수 있는 내용이었다. 그는 잠시 일그러진 표정
을 지었는데, 또 이내 평소의 표정으로 돌아오기도 했
다. 주머니를 더듬어 그는 껌을 찾아보았다. 손에 잡힌
것은 더는 아무것도 남지 않은 빈 통이었다. 데비, 하고
그는 비서의 이름을 불렀다가 아, 아무것도 아니라네

Queensboro were not moving, but time was flying by. Debbie turned her head to the back seat for a moment,

and then she had to take a phone call. It was Carrie. "How are you doing there?" Debbie's voice was forced, and high-pitched, but Carrie's voice was more subdued than before. "Well..." Carrie began, "I feel I should let you know how things are going. It's not terribly important but... We're at a McDonald's." "Mc...?" Debbie's voice descended a few registers. "He really is eating a Big Mac. I'm just sitting down." Debbie needed time to process this. "Why?" "I don't think there's any special reason. It has nothing to do with the dinner... He said that he just wanted to eat while he was waiting because he was so hungry." Debbie let out a slight sigh of relief when Carrie said it had nothing to do with the dinner. "Ok! Since we know that he's a big eater, I'll order a large steak from the manager." "Alright, I don't think that matter is too important..." Carrie's voice became even quieter. "But this could be a problem—he's

just wearing a sweat shirt and sweat pants.

하고 다시 창밖을 바라보았다. 퀸스보로를 메운 차들은
좀처럼 흐르지 않았으나 시간은 바삐 흐르고 있었다.
뒷좌석을 향해 잠시 고개를 돌렸다가

데비는 걸려온 전화를 받아야 했다. 캐리의 전화였다.
거긴 어때요? 데비는 억지로 목소리의 톤을 높였는데
캐리의 목소리는 아까와 달리 낮게 가라앉아 있었다.
저기... 하고 캐리는 말했다. 여기 상황을 좀 말씀드려야
할 거 같아서요. 중요한 건 아닌데... 지금 맥도날드에
앉아 있어요. 맥? 하고 데비도 목소릴 낮추었다. 이 사람
정말 빅맥을 먹고 있어요. 전 그냥 앉아 있구요. 아... 하
고 데비에겐 잠시 생각할 시간이 필요했다. 무슨 이유
죠? 데비가 물었다. 어떤 다른 뜻은 없어 보여요. 저녁
식사와도 무관하고... 그냥 했던 말 그대로 배가 고프니
먹으면서 기다리자는 거죠. 저녁 식사와는 무관하다는
말에 우선 데비는 안도의 한숨을 내쉬었다. 좋아요! 그
가 대식가란 정보를 알았으니 지배인에게 아주 큰 사이
즈의 스테이크를 따로 부탁하도록 하죠. 네, 그건 큰 문
제가 아닌데... 하고 캐리의 목소리는 더욱 가라앉았다.
이건 좀 문제가 될 거 같아서요. 지금 이 사람

"Sweat..." Debbie's voice tapered off. "Since he said he was staying nearby, I thought he was planning to go and change. But he said no. He said that he was comfortable in them, that they were his formal attire because he always wore them. Won't this be a problem?" Carrie asked. Debbie blinked. She felt she might need some more information to clarify her thoughts. Smith & Wollensky was a restaurant that had once had a whites-only policy. They'd once hung a No Dog and No Coloreds sign... But that had been a very long time ago.

Twenty minutes later, Debbie finally decided to talk to Paul Hudson, Smith and Wollensky's restaurant manager. "But, Miss Debbie Jones, this is a matter of a different nature." The manager's tone indicated he didn't know what to do. "I know full well of your dress restrictions, Mr. Hudson," Debbie continued, "I'd like to remind you once again that this gentleman did win the bid by putting down 1.72 million dollars. Besides, he is a guest from abroad. Please allow me to say that we should be a little more understanding about customary Asian attire. I've visited Tibet and Japan, and monks there were wearing clothes that might look like our sweatshirts and pants. In other words, I would like

트레이닝복을 입고 있어요.

트레이닝... 하고 데비의 목소리도 더욱 낮아졌다. 숙소가 근처라고 해서 전 옷을 갈아입고 올 생각인가 했어요. 그런데 아니라는군요. 자긴 이 옷이 편하대요. 또 늘이 복장으로 생활하기 때문에 이 옷이 자신에겐 정장이래요. 이건 좀 문제가 되지 않나요? 캐리가 물었다. 데비는 잠시 두 눈을 깜박였다. 생각을 정리하기 위해선 정말이지 약간의 트레이닝이 필요할 것 같았다. 스미스앤 월런스키에 대해 말해 보자면, 오래전엔 백인들에게만 출입을 허용하던 레스토랑이었다. 흑인과 개는 출입할 수 없는... 그러니까 아주, 오래전의 이야기지만.

20분쯤 뒤, 결국 데비는 지배인 폴 허드슨과 통화를해야 했다. 데비 존스 씨, 그러나 이것은 좀 다른 성격의문제라 생각합니다. 난감한 목소리로 지배인이 말했다.잘 알고 있습니다만 허드슨 씨, 하고 데비가 말을 이었다. 그가 172만 달러의 낙찰자란 사실을 다시 한 번 말씀드리고 싶습니다. 그리고 그는 아주 먼 곳에서 온 손

to ask you to consider certain *cultural* differences... yes, those very aspects for once. There was a pause where it seemed the manager was considering Debbie's words carefully, and then he replied: "I'm very sorry, but this gentleman is wearing a Nike hoodie exactly the same as my son's, Except for the color." "Nike...?" "Yes, a Nike hoodie," answered Paul Hudson.

*

"How is everything?" Buffet smiled.

Bypassing Carrie, Ahn himself answered that everything was great. A smile spread across Buffett's face. Putting his spoon down, Buffett thought that a good bowl of soup had the power to wash away a soul's fatigue. The subtle flavor of peas made Buffett especially happy. Carrie was a woman who knew how to brighten the atmosphere. The dinner was going smoothly. At least, that was the impression Debbie got.

"That's how things are." Debbie was having a

님입니다. 외람된 말씀입니다만 저는 동양의 예복에 대해 이제 우리도 조금은 포괄적인 견해를 가져야 하지 않나, 그런 생각을 갖고 있습니다. 저는 티벳과 일본을 방문한 적이 있는데 그곳의 승려들은 마치 우리가 생각하는 트레이닝복과 비슷한 차림들을 하고 있었습니다. 즉 제가 말씀드리고픈 것은 그런 문화의 차이... 네, 바로 그런 측면들을 한 번쯤은 고려해 주실 수 없나 하는 바람입니다. 데비의 간청을 다 듣고 난 지배인이 조심스레 말을 받았다. 매우 유감스러운 일입니다만 데비 존스 씨, 이분은 후드가 달린 나이키를 입고 계십니다. 컬러가 다를 뿐 제 아들 녀석도 똑같은 옷을 갖고 있지요. 나이키... 라구요? 데비가 물었다. 그렇습니다, 나이키, 라고

폴 허드슨이 답했다.

separate dinner with Tony Hopkins, the branch director of the foundation, at a table several yards away. Of course, they were consuming the turns and twists of that day as a side dish. "In the end, Mr. Buffett himself had to ask a favor." "Yes, who on earth could have expected that?" Debbie shot a quick glance at Ahn's clothes, dumbfounded. "It's not easy to understand young people," rejoined Tony. The day was full of stories for Debbie one way or another.

Ahn's attire didn't seem to bother Buffett at all. On the contrary, after asking him, "Have you run along the Hudson River?" Buffett even mimed running. He also added, "New York is a nice place to run." Of course, it was true that these remarks greased the wheels for his ensuing apology. Buffett offered his sincerest apologizes for their egregious tardiness and received a gracious response from the winning 1.72 million dollar bidder that sounded as friendly as his own question, "Have you run along the Hudson River?" To be more precise, the donor had said, "That's ok. Thanks to that delay, I had a pleasant run along the Hudson River." It wasn't clear if that sentence was a loose translation by Carrie who was trying to keep the atmosphere

*

어떻습니까? 하고 버핏은 물었다.

아주 훌륭하다는 간단한 영어를, 안은 캐리를 거치지
않고 직접 얘기했다. 버핏의 입가에 흡족한 미소가 번
졌다. 좋은 수프엔 영혼의 피로를 씻겨주는 힘이 있다
고, 스푼을 내려놓으며 버핏은 생각했다. 엷게 스민 완
두콩의 향취가 특히 버핏을 사로잡았다. 캐리도 더없이
분위기를 띄울 줄 아는 여성이었다. 식사는 순조로이
진행되었다. 적어도, 데비의 눈에는 그렇게 보였다.

세상사란 게 그렇죠. 2, 3미터쯤 떨어진 뒤쪽의 테이
블에서 데비는 따로, 재단의 지점장인 토니 홉킨스와
식사를 하고 있었다. 물론 오늘 일어난 우여곡절들을
곁들인 것이었다. 결국 버핏 씨께서 직접 간곡한 부탁
을 한 것입니다. 네, 도대체 누가 예상을 했겠냐구요?
어이가 없다는 표정으로 데비는 다시 한 번 안의 차림
새를 힐끔 쳐다보았다. 젊은이들을 이해하기란 쉽지 않

calm. At any rate, they sat down at the table with smiles on their faces. "Perhaps most things in life turn out this way," Carrie thought.

In fact, everything was going very smoothly. "I thank you on behalf of the foundation. This is a very significant meeting. Your donation will be like five loaves and two fishes for the poor..." Along with this biblical reference, Buffett, of course, also had much to say about Korea: the beauty of Korea that he'd observed first-hand upon visiting, its economic development that had left the world im-pressed, his impressions of Daegu, and reasons why many investors were currently paying attention to Korea. All of this he'd rattled off without pausing. Of course, there was a response from the winning bidder, the implications of which were unclear. Re-garding Buffett mentioning his visit to Daegu:

"Oh, Gotham Daegu?"[1]

When Ahn said this, Carrie interpreted it loosely and smoothly. The young man came across as a

1) Recently, Koreans have begun to call the southern city of Daegu "Go-tham Daegu" because of a rash of incidents that one would more likely expect to see in the depraved fictional city of *Batman*'s Gotham.

죠. 토니가 거들었다. 이래저래 데비로선 할 말이 많은
하루였다.

버핏은 전혀 그의 차림새를 문제 삼지 않았다. 오히려
악수를 나눈 후에 허드슨 강변을 뛰어보셨습니까? 달
리는 제스처를 취해 보이기까지 했다. 뉴욕은 조깅을
하기에 정말 좋은 곳이죠, 라고도 했다. 물론 그런 말들
이 뒤이은 자신의 사과에 매끄러운 윤활유가 된 것도
사실이었다. 터무니없는 연착에 대해 그는 정중히 사과
했고, 172만 달러의 낙찰자로부터 허드슨 강변을 뛰어
보셨습니까?와 같은 느낌의 흔쾌한 답변을 들을 수 있
었다. 정확히 말하자면 - 괜찮습니다, 덕분에 그 사이 허
드슨 강변을 즐겁게 뛸 수 있었습니다 - 란 문장이었는
데, 그것이 분위기를 맞추기 위한 캐리의 의역인지는
알 수 없는 일이었다. 어쨌거나 웃으며 일행은 함께 테
이블에 착석했다. 대개의 세상사가 이런 것 아니겠냐
고, 캐리는 생각했다.

아닌 게 아니라 모든 것이 순조로웠다. 재단을 대신해
감사 드린다, 오늘 이 자리는 아주 뜻 깊은 자리이다, 가

truly congenial person. Even better, Buffet felt there was a kind of purity and innocence to him. Ahn's natural facial expression and unwavering eye contact conveyed to Buffett that his fashion wasn't some sort of gimmick. But he didn't sense any sort of ambition in this young man unlike past winners. Like wearing a sweatshirt and sweatpants in Smith & Wollensky, it was all very foreign and incongruous. Buffett reviewed all the Korean businessmen he could remember. "Do any of them have any business relationships with you, Mr. Ahn?" he asked. The answer was "no." That reminded Buffett that he hadn't even gotten the donor's business card. Appetizer of salad and lobster had begun decorating the table. Buffett thought that now was the time to begin to discuss the main subject.

"Excuse me, but what kind of business are you in?" asked Buffett.

Carrie translated Ahn's answer: he was engaged in a family business.

"Family business!" Buffett said forcefully.

"Whether in the East or West, family business is the most traditional... the most noble kind."

"Carrie, could you ask him about the particulars of his family business?"

난한 이들에게 그 돈은 다섯 개의 전병과 두 마리의 물고기가 될 것이다... 성경구절까지 인용한 인사말이 이어졌다. 물론 한국에 대한 이야기가 빠지지 않았다. 방한 당시에 보았던 한국의 아름다움, 세계를 놀라게 한 경제성장에 대한 찬사, 대구라는 도시에서 받았던 강렬한 인상, 많은 투자가들이 현재 한국을 주목하는 이유들이 조목조목 열거되었다. 물론 도중에 의미를 알 수 없는 답변이 있긴 했다. 대구 방문에 대해 버핏이 얘길 꺼냈을 때였다.

아, 고담 대구요?

하고 안이 말했는데 캐리는 알아서, 또 적절히 매끄러운 답변으로 통역을 이어나갔다. 젊은이의 인상은 그리 나쁘지 않았다. 아니, 오히려 버핏은 순수함을 느낄 수 있었다. 자연스런 표정과 담백한 시선을 통해 그의 패션이 고의가 아니란 사실도 알 수 있었다. 다만 예전의 낙찰자들에 비해 눈앞의 젊은이에게선 야망이 느껴지지 않았다. 그것은 스미스 앤 월런스키 속에서의 트레이닝 차림처럼 매우 낯설고 이질적인 것이었다. 기억나

Carrie translated Buffett's wish and Ahn nodded and answered her in Korean as well.

"I'm a second-generation part-time employee at a convenience store. My mother works at Family Mart, and I work at Buy the Way."

"Well... You mean you're managing the store, don't you?" Carrie asked again.

After thinking about her question for a moment, Ahn seemed slightly at a loss,

"I mean part-time. Do you know what part-time is?"

Since she would be responsible for the interpretation in the end, Carrie opted for a literal translation.

Buffett's face froze for a moment, but he immediately regained his smile and said,

"Part-time work! Well, that is very hard work indeed. I'm sure it's an experience that has much value."

Ahn nodded.

For a while everyone merely chewed in silence.

"What the hell?"

That was what Carrie was thinking.

No one said very much. An appetizer dish consisting of some sort of breast meat came out but

는 한국의 경제인들을 버핏은 하나하나 열거해 보았다. 혹시 이들 중에 미스터 안과 사업적으로 연결된 인물이 있습니까? 그는 물었다. 대답은 노였다. 그러고 보니 여지껏 명함도 한 장 건네받지 못한 사실을 버핏은 깨달았다. 랍스터와 샐러드가 곁들여진 전채(前菜)가 테이블을 수놓고 있었다. 이제 슬슬 본론을 시작해야 할 때라고 버핏은 생각했다.

실례지만 어떤 사업을 하고 계십니까? 버핏이 물었다.

가업(家業)을 잇고 있다는 답변이 캐리를 통해 돌아왔다.

가업! 하고 버핏은 힘을 주어 말했다.

동양에서도, 또 서양에서도 그것은 가장 전통적인... 고귀한 일이죠.

캐리 양, 좀 더 구체적인 설명을 들을 수 있을까요?

캐리가 알아서 버핏의 바람을 한국말로 전달했다.

안은 고개를 끄덕이더니 역시나 한국말로 캐리에게 답해 주었다.

편의점 알바를 2대째 하고 있죠. 저희 어머니는 패밀리마트, 저는 바이 더 웨이.

no one asked about it. Buffett needed time to process his thoughts. He'd decided it was better to just chew rather than clumsily attempt conversation. The breast meat was certainly an excellent dish for chewing. Carrie was almost choking.

"Clearly," Buffet began, "It couldn't have been easy to save 1.72 million dollars... Well—for *anyone*, I mean. And on top of that, I'm sure it's even harder to donate that much money to a charity auction. Although I don't know much about the Korean economy, something like what you've done would be just about impossible in America. And, you achieved it, Mr. Ahn." Ahn demurred that it hadn't been too hard. "How?" Buffet asked again. Ahn again answered in Korean. Carrie almost shrieked even before she attempted interpreting. "I suddenly feel quite hot." She said, and downed a glass of wine before whispered Ahn's answer to Buffett. Her expression while she whispered seemed to say, "This is how things are in this world sometimes."

"A lottery!"

Buffett clapped his hands. Everybody welcomed

그러니까... 운영을 하신다는 얘기죠? 캐리가 다시 물었다.

질문을 잠시 헤아리던 안이 약간은 어이없다는 얼굴로 말했다.

알바라니까요. 알바 몰라요?

어떤... 책임이 따를지 모를 얘기여서 캐리는 결국 직역을 했다.

잠시 버핏은 표정이 굳었는데 또 즉시 미소를 띠며 이렇게 말했다.

그건! 매우 힘든 일이죠. 또 그만큼 값진 경험일 것입니다.

안은 고개를 끄덕였다.

모두의 입 속에서 한동안 우물우물의 시간이 이어졌다.

세상사가 뭐 이래? 하고

캐리는 생각했다.

다들 별다른 말을 하지 않았다. 어떤 동물의 가슴살을 익힌 전채가 나왔는데, 누구도 요리에 대해 묻지 않았다. 버핏에겐 생각을 정리할 시간이 필요했다. 섣불리 말을 꺼내기보다는 우물우물이 낫겠다고 버핏은 판단

such a comprehensible bit of information, and suddenly they all felt comfortable. Waiters were busy bringing the last appetizer dish. Buffett thought that he had many things to say about lotteries. "This event has been held annually, but this is the first time something like this has happened. If we let reporters know about this, they might want to come and pay the tab for our dinner. It's a very attractive and... unique situation. Mr. Ahn, you're much luckier than me. Now, let's enjoy *our* dinner and discuss what you should do with the rest of your prize money. You're already a very brave investor and an extraordinarily wise man. 'Investing' is exactly for people like you!"

Ahn smiled and put down his fork. "Wow, I'm already full," he sighed. "That's why you shouldn't have..." Carrie said to him like a sister. She was, of course, saying that he shouldn't have the Big Mac. Naturally, she didn't translate this conversation into English for Buffett. "Do you have specific areas of interest, Mr. Ahn?" asked Buffett, putting down his glass. He smiled, as if he were about to dole out wisdom that could be worth many millions of dollars later on. After finishing the translation, Carrie secretly turned on her iPhone microphone. Since

했고, 가슴살이야말로 이보다 더 우물우물에 적합할 수 있을까 싶은 몇 안 되는 요리 중 하나였다. 캐리는 목이 다 메는 기분이었다.

분명한 것은, 하고 버핏이 입을 열었다. 172만 달러라는 돈을 모으기가 쉽지 않았을 텐데 말입니다... 그러니까 실은 어느 누구라도 말이죠, 게다가 그 정도 액수의 돈을 자선경매에 투척하기란 더 어려운 일이죠. 한국의 경제구조에 대해선 아는 바가 적으나 적어도 미국에선 불가능에 가까운 일입니다. 지금 미스터 안은 그걸 해내신 거구요. 어려움은 없었다고 안은 대답했다. 어떻게요? 버핏이 다시 물었다. 안은 역시나 한국말로 답했는데 통역을 하기도 전에 어머나, 하고 캐리는 비명을 지를 뻔했다. 휴... 갑자기 덥네요, 라며 그녀는 와인을 한 모금 들이켰고 세상사란 게 가끔 이런 거죠, 라는 표정으로 버핏을 향해 속삭였다.

복권!

와우, 하고 버핏이 박수를 쳤다. 이해 가능한 일은 모

waiters were busy clearing plates, her actions went
unnoticed.

I am not interested in investment.
I don't have any money left, either.

When Buffett heard Carrie's sputtering translation
he blinked vacantly. "What's this?" Just like how he'd
felt in the White House, confusion surged in his
brain. "You mean... you spent all your winnings on
the auction. Am I correct about this?" Buffett asked.
"Of course," answered Ahn. "Why on earth..." Buf-
fett's words began to slur and he rephrased him-
self, "I'm not sure if I'm being rude, but I wonder if
there was any special reason for your decision."
After tidying up the table, the waiters began to
bring out the main dishes. The first dish was a
classic Smith & Wollensky steak of truly gargantuan
size. "Well, would there be any other reason?"
asked Ahn. "You know,

eating together at the same table like this

is a good thing." Instead of answering, Buffett fell
silent, deep in thought. It was a thought only he
could know. "Finally, the main dishes are here,"

두의 환영을 받았고, 또 모두의 마음을 편안하게 해 주었다. 분주히 웨이터들이 마지막 전채를 나르고 있었다. 복권에 관해서라면 또 분주히, 풀어갈 말들이 많다고 버핏은 생각했다. 해마다 이 행사를 열어왔지만 이런 경우는 처음입니다. 기자들에게 알린다면 이곳의 밥값을 와서 계산할지도 모르겠군요. 매우 매력적이고 또... 독특한 상황입니다. 미스터 안, 당신은 저보다도 더 운이 좋은 사람이군요. 이제 식사를 즐기며 남은 당첨금을 어떻게 써야 할지에 대해 얘길 나눠 보도록 합시다. 당신은 이미 과감한 투자자이고, 범인이 따를 수 없는 특별한 지혜를 가진 사람입니다. '투자'는 바로 그런 이들의 것이죠!

안은 웃으며 와 저는 이제 배가 부르네요, 하고 포크를 내려놓았다. 그러기에, 라며 캐리는 마치 오누이처럼 안과 대화를 나눴는데 당연히 빅맥에 관한 것이었다. 또 당연히, 한국어로 나눈 그 대화를 따로 버핏에게 전달하지도 않았다. 관심 분야가 있습니까, 미스터 안? 잔을 내려놓으며 버핏이 물었다. 어쩌면 수백만 달러의 가치가 될지도 모를 현인의 암시가 이제부터 시작될 분

Buffett said, smiling. Beautifully presented steaks that looked like unmarked continents on an atlas were laid upon the table. Buffett prayed briefly and murmured like the Good Shepherd, "Let's eat." "My, I'm too full..." Ahn replied. Carrie didn't bother to translate. However, she had no choice but to translate Ahn's next words, because his next actions accompanied them. "Sir," Ahn said, pushing his plate towards Buffett.

"Please eat this, too."

Buffett stared at Ahn wide-eyed and could say nothing more. Carrie couldn't chatter on about McDonald's and the Big Mac now. She blinked, and then explained to Buffett about Korean culture, using hand motions. "I'm sure you'll feel this is very strange, but I've heard about this from my father. To be courteous, one has to offer one's food to the elder or superior. In other words, Ahn has just expressed Korean-style courtesy towards you, Mr. Buffett. It's the kind of courtesy one expresses towards one's father or teacher, someone one respects the most." Carrie's solemn expression didn't completely address Buffett's bafflement. "Hasn't he eaten just fine until now?" "Oh, Mr. Buffett, Koreans

위기였다. 통역을 끝내고 캐리는 몰래 아이폰의 녹음기 능을 작동시켰다. 웨이터들이 분주히 접시를 옮기는 순간이어서 그녀의 동작은 누구의 눈에도 띄지 않았다.

저는 투자에 관심이 없습니다.
남은 돈도 없구요.

살짝 말을 더듬은 캐리의 통역을 전해 듣고 버핏은 우두커니 두 눈을 껌벅였다. 이건... 뭐지? 백악관에서와 마찬가지로 버핏의 머릿속엔 혼란이 밀려들었다. 그 얘기는... 당첨금 전부를 경매에 썼다는 말로 해석되는데 제 생각이 틀렸습니까? 버핏이 물었다. 당연하죠, 라고 안이 답했다. 도대체 왜... 라고 말끝을 흐리다 실례가 될지도 모르겠으나 어떤 특별한 이유가 있는지 궁금한 게 사실입니다, 라고 버핏은 질문을 추스렸다. 테이블을 한 차례 정리한 후 웨이터들이 메인 디너를 나르기 시작했다. 일단 크기에서 모두를 압도하는 스미스 앤 월런스키의 정통 스테이크였다. 뭐, 다른 이유가 있겠습니까? 하고 안은 말했다. 이렇게

don't have the concept of 'appetizers.'" "How, then, do younger people eat in Korea?" "That's why they have '*Kyomsang*.'[2] Father and son eat at separate tables. "Surprising!" muttered Buffett. Even more surprisingly, though, was this polite Korean young man saying

"Please have these.

Please have them all,"

offering the desserts that followed afterwards. Buffett didn't really know what to say. He was simply hoping the time would pass quickly. Of course, Buffett did his best. He dominated the conversation, describing his philosophy of donation. He didn't forget to say, "thank you" repeatedly on behalf of the foundation. Buffett thought that there were many kinds of people in this world. He also thought that in some sense this dinner had gone very smoothly. He just couldn't escape the feeling that, while he'd been sitting in the very first car Carter had mentioned... someone had walked fifty miles back, caught up to him, and was now suddenly knocking on his window. He knew very well

2) *Kyomsang* actually means "table for two," which indicates Carrie here doesn't really know what she was saying.

좋은 일이니까요. 대답 대신 버핏은 잠시 어떤 생각에 빠져들었는데, 그건 누구도 알 수 없는 자신만의 생각이었다. 드디어 식사가 나왔군요, 하고 버핏은 미소를 지었다. 지도에 표시되지 않은, 어떤 신대륙과 같은 느낌의 스테이크들이 하나의 테이블에 보기 좋게 세팅되어 있었다. 버핏은 잠시 기도를 올렸고 듭시다, 목자처럼 중얼거렸다. 어휴 전, 배가 불러서... 하고 안이 말했지만 캐리는 굳이 통역을 하지 않았다. 그러나 안이 이어서 한 말은 행동이 동반된 것이라 어떻게든 통역을 하지 않을 도리가 없었다. 선생님, 하고 자신의 접시를 앞으로 밀며 안이 말했다.

이것도 드세요.

눈이 휘둥그레진 버핏에게 맥도날드며 빅맥 타령을 할 순 없는 일이었다. 캐리는 빠르게 두 눈을 깜박였고, 차분히 제스처를 활용해 가며 한국의 문화에 대한 설명을 버핏에게 늘어놓았다. 매우 이질적이라 느끼시겠지

that it wouldn't matter much to the man even if he asked, "What did you do with your car?" Buffett thought of the ultimate suggestion he could give the winning 1.72 million dollar bidder. "Would you, by any chance, like to learn how to invest?" Buffett asked. In English, Ahn's reply finally couldn't have been any simpler,

"I'm fine, thanks,"
And then,
"And you?"

*

"How was your dinner, sir?" Debbie Jones was waiting in their car on their way back to his hotel. "It was fine," Buffett said, nodding. "Of course, it was too bad we had to leave so much food behind... Anyway, Debbie, do you have gum by any chance?" Debbie immediately presented a pack of gum that she had had ready. The car stopped in front of a crosswalk on 5th Avenue. The yellow light had begun blinking. Chewing quietly, Buffett looked out at the dark streets outside. He could

만 저희 아버지를 통해 들은 적이 있어요. 한국에선 식사를 할 때 반드시 윗사람에게 권하는 게 예의라고 말이죠. 그러니까 지금 안은 한국 스타일의 예의를 버핏 씨께 표현한 것입니다. 아버지나 스승 같은 가장 존경해야 할 사람에게 표하는 예절이죠. 진지한 캐리의 눈빛을 보고서도 의문이 싹 가시는 건 아니었다. 이제까지는 누구보다 잘 먹지 않았나? 오 버핏, 한국에는 '전채'라는 개념이 없답니다. 그럼 한국의 아랫사람들은 어떻게 밥을 먹는단 말인가? 그래서 '겸상'이란 걸 차리죠. 아버지와 아들이 서로 다른 밥상에서 식사를 하는 거랍니다. 놀랍군, 하고 버핏이 중얼거렸다. 더 놀랍게도 한국의 이 예의 바른 젊은이는

이것도 드세요.

다 드세요.

하며 이어진 후식들까지 버핏을 향해 내미는 것이었다. 딱히 무어라 말할 수 있는 기분은 아니었으나 버핏은 다만, 시간이 빨리 가기를 바라는 마음이었다. 물론 버핏은 최선을 다하였다. 기부에 대한 자신의 철학을 주

see a "One Way" sign and pedestrians walking by in both directions. The traffic jam hadn't completely cleared up yet, and Buffet's car was, opportunely, the first one at the stop line. Buffett closed his eyes for a moment. Although he couldn't say why,

it felt as if an age was settling into the night.

Translated by Jeon Seung-hee

제로 풍부하게 얘기를 이어나갔고, 재단을 대표해 거듭 감사한다는 말도 잊지 않았다. 세상엔 수많은 사람들이 있는 거라고 버핏은 생각했다. 또 어떤 의미에서 본다면 이것은 그야말로 순조로운 저녁 식사가 아닌가, 생각도 드는 것이었다. 다만 뭐랄까, 카터가 말한 맨 앞의 그 차에 앉아 있는데... 50마일 뒤에서부터 걸어온 누군가가 느닷없이 창문을 두드린 듯한 이 기분은 지워지지 않는 것이었다. 당신 차는 어쩌고 온 것이오? 라고 묻는다 한들, 아무런 의미가 없다는 사실도 잘 알고 있었다. 172만 달러의 낙찰자를 위해 버핏은 마지막으로 자신이 해줄 수 있는 제안을 떠올렸다. 혹시 투자를 배워볼 생각은 없습니까? 버핏이 물었다. 더없이 간단한 영어로

안은 직접
I'm fine, thanks, 라고 말했다.
심지어는
and you? 라고도 물었다.

*

　식사는 어떠셨습니까? 숙소로 돌아가는 차 안에서 데비 존스가 물었다. 좋았네, 라고 말하며 버펏은 고개를 끄덕였다. 물론 음식을 너무 남긴 게 흠이라면 흠이지만 말일세... 그런데 데비, 혹시 껌 가진 거 있나? 데비는 즉시 준비해 둔 껌 한 통을 내밀었다. 5번가의 횡단보도 앞에서 차는 멈춰 섰는데 마침 깜박이기 시작한 대기등 때문이었다. 묵묵히 껌을 씹으며 버펏은 어두워진 창밖을 바라보았다. 'oneway'라 쓰인 표지판과 오가는 사람들을 볼 수 있었다. 체증이 채 걷히지 않은 도로 위였고 때마침 정지선의 맨 앞에, 버펏의 차는 정지해 있었다. 버펏은 잠시 눈을 감았다. 왜 그런지 이유는 알 수 없어도

　시대가 저무는 느낌의 밤이었다.

해설
Commentary

I'm Fine, Thanks

이경재 (문학평론가)

「버핏과의 저녁 식사」(《현대문학》, 2012년 1월호)는 그야말로 발본적인 차원에서 자본주의를 비판하고 있는 작품이다. 오늘날의 자본은 부권적 권력이 아니라 모권적 권력에 가깝다. 그것은 힘과 폭력에 바탕한 강제적이며 외적인 지배가 아니라 우리 내부에 깊이 침투하여 마치 우리 자신이 그것을 바라는 것과 같은 모습으로 우리를 지배하는 것이다. 부성적 지배는 규범과 법을 통해 이루어지며, 그 과정은 오히려 아버지 살해를 충분히 가능하게 한다. 그러나 모성적 지배는 어머니와 신체적 동일화에 의해 이루어지기 때문에 모친 살해는 불가능하다. 따라서 자기 안에 스며든 자본의 논리로부터 벗

I'm Fine, Thanks

Lee Kyung-jae (literary critic)

"Dinner with Buffett" Park Min-gyu's new short story, provides a thoughtful new critique of capitalism at its core. Nowadays, one can compare the sway of capital more to a matriarchal rather than a patriarchal power. Capital, after all, no longer seems to govern through the more traditionally masculine terms of coercive or external violence. It now does so by infiltrating our deepest selves, manipulating our very desires for specific agendas. Patriarchy rules through norms and laws, ironically enabling its own patricide and rebellion. Matriarchy, on the other hand, influences through physical identification with maternal figures, thereby making matricide impossible. Thus, we can say that the

어날 때 진정한 시대의 밤은 가능하리라 말할 수 있다.

「버핏과의 저녁 식사」는 이미 우리와 한 몸이 되어 있는 자본주의적 욕망과의 결별을 추구한다는 점에서 이전의 저항서사와는 그 모습이 판이하게 다르다. 이 작품은 말할 것도 없이 '버핏과의 점심 식사'에서 그 모티프를 가져온 작품이다. 오마하의 현인으로 불리는 억만장자 버핏은 세계에서 가장 빼어난 실력을 자랑하는 주식투자 전문가로서, 금융자본주의의 첨단에 선 인물이다. 그는 가끔 수백만 달러를 기부한 사람과 점심 식사를 함께 한다. 이 자리는 투자의 달인인 버핏이 수백만 달러의 식사값에 해당하는 정보를 전달해 주는 자리이기도 하다. 어찌 보면 자본주의의 교환가치로부터 가장 거리가 있는 것처럼 보이는 이 자리야말로 가장 자본주의적인 만남의 장소라고 할 수 있지 않을까.

이 작품에서 버핏은 실제로도 그러하듯이 자본주의의 역사 혹은 그 자체라고 부를 만하다. 버핏은 대여섯 살 때 껌을 팔고, 피를 말리던 대공황과 전쟁, 그리고 오일쇼크도 겪었다. 회사를 처음 인수했을 때도, 처음 기부를 했을 때도, 《타임》과 《포춘》의 커버를 장식했을 때도, 요크셔 해서웨이의 현판을 걸었던 일도 떠올린다.

true night of our age is possible only when we ban the logic of capital that has so deeply infiltrated us.

"Dinner with Buffett," then, is radically different from previous protest narratives in that it pursues our separation from our capitalist desires, a desire already a very part of us. Although fairly clear from the outset, the setting and premise of "Dinner with Buffett" has clearly been taken from the actual "lunch with Buffett," the annual luncheon the real-life investor extraordinaire Warren Buffett conducts with various affluent patrons in exchange for million dollar donations to his charitable foundation. Far more than an opportunity to merely socialize with a financial iconoclast or contribute to a needy cause, though, the true purpose of this meal is to gain unprecedented access to invaluable investment information from the "Oracle of Omaha," Warren Buffett himself. In some ways, then, this mere single meal—while considerably well outside of its true market value—is *the* capitalist acquisition and opportunity.

Like the real-life Buffett, one might consider Park's Buffett to be another clear analogue of America's capitalist history. Park details Buffett's humble beginnings: selling gum at the age of only five or six. Additionally, he has endured the soul-

자신은 "위대한 투자의 시대를 살았"(20쪽)으며, "그 시대는 아직 끝나지 않았다"(20쪽)고 생각하지만, 한편으로는 "이미 단물이 빠져버린 세기의 일들을 여전히 해오고 있는 게 아닌가"(20쪽)하는 생각도 든다.

경매를 통해 어렵게 버핏과의 식사 권리를 획득한 사람은 이전까지의 규범과는 철저히 거리가 먼 모습을 보여준다. 172만 달러를 지불한 올해의 낙찰자는 '안(Ahn)'이라는 성을 가진 28세 한국인이다. 낙찰자의 프로필에는 '시민'(24쪽)이라고 쓰여 있을 뿐이다. 낙찰자는 맥도날드의 빅맥을 먹고, 과거에는 오직 백인들만 출입하던 유서 깊은 레스토랑에 트레이닝 복장으로 나타난다. 그 트레이닝복은 "동양의 예복"(48쪽)과도 거리가 먼 "후드가 달린 나이키"(48쪽)일 뿐이다. 경매 규정엔 낙찰자에게 일곱 명의 동료를 합석시킬 수 있는 권리가 있음에도 그는 혼자 참석한다.

안이라는 낙찰자는 "스미스 앤 월런스키 속에서의 트레이닝 차림"(56쪽)처럼 이전의 낙찰자들과는 모든 면이 이질적이다. 172만 달러는 노숙자와 빈민들에게 연간 100만 그릇의 식사로 돌아가지만 그 식사 자리는 투자의 달인에게 귀중한 정보를 듣는 자리이기도 하다.

draining conditions of the Great Depression, the Second World War, and the Oil Crisis. Later, he remembers his first day as the head of his own company, his first donation, the first of many times on the covers of *Time* and *Fortune*, and that day he hangs the signboard for Yorkshire Hathaway. Buffett reflects on how he is "living in the great age of investment" and how "that age was not yet over," while at the same time wondering "if he was perhaps still carrying out the business of the past century, the sweet flavor of which had already vanished."

But the person who wins the right to a meal with Buffett this time around has a fundamentally different attitude from Buffett, to say nothing of past winning bidders. The year's winning bidder is the twenty-eight-year-old Korean Ahn, a 1.72 million dollar contributing donor whose résumé describes himself as nothing more than a "citizen." Prior to his lunch he polishes off a Big Mac at McDonald's, arrives wearing nothing but a sweatshirt and sweatpants, and finally does all this in preparation for a meal at a historic restaurant famed for its exclusivity, having once even admitted only white patrons in the past. While Buffett's assistant tries to smooth over Ahn's eyebrow-raising behavior with claims of

그러하기에 172만 달러는 '기부'가 아닌 '투자'(40쪽)인 것이다. 버핏은 본래 식사 자리가 그러했듯이, "몇 군데의 투자처와 그것을 암시해 줄 좋은 표현들"(40쪽)을 고민한다. 그러나 안은 과거의 낙찰자들과 달리 야망이 없으며, 버핏이 아는 한국의 경제인들과 아무런 연관이 없다. 심지어는 명함 한 장을 지니고 있지 않다. 어떤 사업을 하고 있느냐는 버핏의 질문에, 청년은 2대째 가업으로 "편의점 알바"(58쪽)를 한다고 쿨하게 대답한다. 이 청년이 버핏과 점심을 하게 된 돈은 복권 당첨금으로 가능한 것이다. 이 청년은 "저는 투자에 관심이 없습니다. 남은 돈도 없구요."(64쪽)라고 말한다.

이 청년은 당첨금 전부를 이 식사 자리에 쏟아부은 것이다. 버핏의 "도대체 왜"(64쪽)라는 질문에 청년은 "같은 테이블에서 식사를 한다는 건 좋은 일이니까요."(64쪽)라고 대답한다. 심지어 이 청년은 그 유서 깊은 고급 레스토랑의 음식마저도 버핏에게 계속해서 양보를 하고 있다. 비자본주의적인 방식으로 위장된 진짜 자본주의적인 식사 자리에서 안이라는 청년은 비자본주의적인 욕망과 태도로 자본주의의 위선을 철저하게 까발리고 있는 것이다. 마지막으로 버핏이 "혹시 투자를 배

Eastern manners, Ahn's attire is far from anything resembling "formal"; he arrives wearing a Nike hoodie. Additionally, while he can bring seven friends according to the auction rules, he arrives at his dinner alone.

As expected, Ahn differs from previous winners across the board in much the same way as his sweatshirt and sweatpants attire conflicts radically with the dress code of Smith & Wollensky." Most notably, Ahn has no interest in the true purposes of the single wildly expensive meeting with the master investor. And so while Buffett prepares "a few investment possibilities and good ways to hint at them" as usual, unlike previous winners Ahn lacks even the slightest hint of ambition and has no connections with any Korean businessmen Buffett is aware of. He lacks even a business card. When asks by Buffett what business he is currently engaged in, Ahn coolly answers he is a "second-generation part-time employee at a convenience store." He has, in fact, only earned the money for this hugely coveted meal with Buffett through nothing more than a single lottery payout. The young man finishes up his tale with a final jaw-dropping pronouncement: "I am not interested in investment. I don't have any money left, either."

워볼 생각은 없습니까?"(70쪽)라고 질문하자, 청년은 통역도 거치지 않고 다음처럼 간명하게 대답한다.

안은 직접
I'm fine, thanks, 라고 말했다.
심지어는
and you? 라고도 물었다. (70쪽)

이 작품은 청년과의 식사가 끝나고 돌아오는 길에 떠오른 버핏의 "시대가 저무는 느낌의 밤이었다."(71쪽)라는 문장으로 끝난다. 만약 안과 같은 사내가 한 개인이 아니라 집단이라면, 버핏의 발언도 결코 호들갑만은 아닐 것이다. 이 작품에서는 그와 같은 가능성이 강하게 드러나 있다. 버핏이 본래 계획처럼 점심 식사가 아니라 저녁 식사를 하게 된 이유는 갑자기 미국 대통령이 그를 백악관으로 호출했기 때문이다. 대통령은, 버핏이 "그들에게도 돈" "즉 화폐라든가 가치의 개념"(16쪽)이 있는지 물어볼 정도로 자본이 강제하는 욕망과는 다른

For the finality of the meal, Ahn's behavior remains outlandishly uncomplicated and entirely disconnected from expected financial concerns. In response to Buffett's question as to why he would unload his entire fortune on something like this, Ahn answers, "Eating together at the same table... is a good thing." Ahn even goes so far to offer the majority of his luxurious meal to Buffett. The young Ahn thoroughly exposes the hypocrisy of capitalism through his anti-capitalist desires and attitude at a quintessentially capitalist meal guised in the appearance of absolute non-capitalism. When Buffett finally asks, "Would you by any chance like to learn how to invest?" he finally offers the most blithe, and perfunctory of all replies:

Ahn said directly
"I'm fine, thanks."
And then,
"And you?"

Park's story ends with a description of Buffett's feeling on his way back from the dinner: "it felt as if an age was settling into night." Indeed, if an entire group of people felt like Ahn, Buffett's impressions might have been more than mere hyperbole.

내면을 가진 "그들이 오고 있다"(14쪽)고 말한다. 버핏이 백악관에서 느낀 것과 같은 혼란에서 알 수 있듯이, 안이라는 청년은 미국 대통령이 말한 '그들'과 관련된 존재라고 할 수 있다. 또한 버핏이 저녁 식사를 위해 이동하는 거리는 반(反)월가 시위로 엄청난 교통체증이 일어나 있다. 박민규는 「버핏과의 저녁 식사」를 통해 모성적 권력이 되어 가는 자본에 대한 가장 발본적인 차원에서의 비판을 행하고 있다. 모든 이가 수백만 달러 앞에서 너무도 태연하게 'I'm fine, thanks'를 외칠 수 있다면, 그 어떤 굉장한 철옹성도 부드럽게 녹아내릴 수밖에 없을 것이다.

박민규의 「버핏과의 저녁 식사」는 이전의 성공작 「루디」에 이어지는 작품이다. 두 작품은 모두 알레고리적인 상황을 통하여 자본주의의 핵심을 찍어 올린 작품들이다. 특히 이 작품은 우리 스스로 원하는 방식으로 우리를 지배하는 지금의 자본주의적 작동원리를 예리하게 드러내고 있다. 나아가 그것을 넘어설 수 있는 가능성마저 제공하고 있다. 이러한 가능성이 억지스럽거나 시대착오적으로 느껴지지 않는 것은, 작가적 인식의 새로움과 작가적 기량의 빼어남에서 비롯된 것임에

Ultimately, Park's story presents a powerful depiction of this very possibility. From the story's first events Park litters his tale with signs of this fundamental change. Before his famed fundraiser luncheon Buffett has a meeting with the President of the United States, who informs him that those unaffected by capital-imposed desires "are coming." To this Buffett asks the president "whether they use money, whether they have the concept of money, currency, or even value?" Judging by Buffett's similar feelings of bafflement later, one can presume that Ahn is, in fact, one of these people. Additionally, on his way to the lunch Buffett runs into an enormous traffic jam because of Wall Street demonstrations. The resistant masses are indeed gathering. In "Dinner with Buffett," Park Min-gyu drives home the most fundamental criticism of capital as a matriarchal power. If all of us can calmly say, "I'm fine, thanks," before the seduction of millions of dollars, we might actually be able to dissolve the most impregnable fortress of our times.

Park Min-gyu's "Dinner with Buffett" pursues the same subject matter as his former critical success, "Rudy," through a similar approach, but with slight, critical tweaks. Both stories capture the essence of

분명하다.

이경재 서울대학교 국어국문학과 및 동 대학원을 졸업했고, 2006년 《문화일보》 신춘문예 평론부문에 당선되었다. 현재 숭실대학교 국어국문학과 교수로 재직하고 있다. 저서로 『단독성의 박물관』 『한설야와 이데올로기의 서사학』 『한국 현대소설의 환상과 욕망』 『끝에서 바라본 문학의 미래』 등이 있다.

capitalism through allegory. "Dinner with Buffett" is especially sharp in its revelation of the operational principles of contemporary capitalism, i.e. governance by manipulation of our basic desires. But unlike "Rudy," "Dinner with Buffett" goes a step further in finally showing us the possibility of overcoming these financial strangleholds. That the possibility Park presents doesn't feel contrived or anachronistic is a clear indication of the originality of the Park Min-gyu's ideas as well as his razor-sharp writing.

Lee Kyung-jae Lee studied Korean literature as an undergraduate and graduate student at Seoul National University. He made his literary debut in 2006 by winning the criticism award at *the Munhwa Ilbo* Spring Literary contest. Currently a professor of Korean literature at Sungsil University, he has published *Museum of Individuality*, *Han Solya and the Narratology of Ideology, and Illusion* and *Desire in Modern Korean Novel, and The Future of Literature Seen From the End.*

비평의 목소리
Critical Acclaim

k

박민규의 소설은 우리 소설사의 새로운 단계라고 할 만하다. 그에겐 점점 더 개개인의 삶을 압박하는 사회 시스템을 자신이 선 자리의 언어로 새롭게 창조해내야 할 과제가 주어졌다. 그것은 어떤 의미에서는 90년대가 개발해놓은 소설 언어로 80년대의 문제의식으로 되돌아가야 한다는 듯한 인상을 주기도 한다. 그러나 소위 90년대의 언어와 80년대의 주제가 기계적으로 결합하는 방식은 얼마나 진부한 한편, 섬뜩할 것인가. 박민규의 독창성은 바로 이 기계적 결합의 진부한 섬뜩함을 넘어 우리 소설의 일대 갱신을 이룩하고 있다는 데 있다. (……) 그는 진정 말의 의미 그대로 우리 소설 전통

Park Min-gyu's novels and stories deserve to be called a new stage in Korean fiction history. It seems his personal mission is to create the social system that presses down harder and harder on individual lives with a language specific to his place in society. In a sense, this seems to mean that he has to return to a 1980s framework of mind with language developed in the 1990s. But, how trite and frightening it would be for supposedly 90s language and 80s subject matter to mechanically combine! Park Min-gyu's originality lies in the way he fundamentally renews the Korean novel beyond the stale fright of this mechanical union... One might literally call him a creative recycler of the

의 창조적 재활용자라고 할 만하다. 그를 '정크 예술가'라고 부를 수 있는 것은 그 때문이다. 그는 소설의 폐차장에서 다양한 소설들의 부속품을 이리저리 갈아 끼워 최신식 소설을 제조해내는 엔지니어에 가깝다. 뒤죽박죽, 얼렁뚱땅, 우리는 그의 소설을 통해 소위 포스트모던 소설미학의 가장 내면화된 최신 버전을 만나볼 수 있다.

신수정, 「해설—뒤죽박죽, 얼렁뚱땅, 장애물 넘어서기」,

『카스테라』, 문학동네, 2005.

박민규의 소설은 키치와 같은 그런 '문학 아닌 것'을 통해 역설적으로 문학에 대한 관습화된 인식을 충격하고 뒤집음으로써 '문학'을 다시 돌아보게 만드는 소설이다. (……) 그러나 그뿐인가. 중요한 것은 박민규 소설의 실험이 단지 이른바 '언어의 독특한 사용'의 차원에 그치는 것이 아니라는 점이다. 그것이 겨냥하는 지점은 결국 비루한 우리 삶의 진실이다. 그의 소설을 일관하는 일탈과 유머, 농담과 능청의 뒷전에는 언제나, 어쩌지 못할 불가항력적인 삶의 무게가 짓누르듯 얹혀 있었다. 그의 소설은 그 삶의 중력을 때로는 딴전 피우며, 때

Korean novel tradition. That's why the name, "junk artist," describes him well. He's like an engineer creating the newest model novel by fitting together the various parts of the junkyard novel. We meet the most internalized and the newest version of the so-called postmodern novel aesthetic in his pell-mell, juggling novels and short stories.

Shin Su-jeong, "Commentary: Pell-Mell, Juggling, Jumping Over a Hurdle," *Castella* (Munhakdongne, 2005)

Park Min-gyu's novels and short stories shock and reverse conventional ideas about literature through his use of "non-literature" like kitsch, forcing us to reconsider "literature" entirely··· But that's not all. What's important is that his novelistic experiments don't merely employ "unique use of language." His works ultimately aim at the truth of our mean lives. Behind the deviation, humor, jokes, and dissimulation consistent in his works, there is always the irresistible weight of life pressing down on us. Park's works have always confronting this weight of life by deviating from it, by circuitously disarming it through jokes and fantasy. As a result, despite his works' light appearance, they always hide a heavy melancholy behind them.

Kim Yeong-chan, "Commentary: Ecology of Monsters,

로는 농담과 상상으로 비껴가거나 무화시키는 방식으로 짐짓 아닌 척 대면해 왔다. 해서 얼핏 가벼워 보이는 소설의 외양에도 불구하고 그의 소설에는 언제나 무거운 멜랑콜리가 배면에 숨어 있었다.

김영찬, 「작품론─괴물의 생태학, 희망 없는 희망의 멜랑콜리」,

『2010 제34회 이상문학상 작품집』, 문학사상, 2010.

Melancholy of Hopeless Hope," *The 2010 the 34th Yi Sang Literary Award Story Collection* (Munhak Sasang, 2010)

K-픽션 001
버펏과의 저녁 식사

2014년 9월 5일 초판 1쇄 발행 | 2015년 2월 25일 초판 2쇄 발행

지은이 박민규 | 옮긴이 전승희 | 펴낸이 김재범
기획위원 정은경, 전성태, 이경재
편집 정수인, 윤단비, 김형욱 | 관리 박신영 | 디자인 이춘희 | 인쇄 한영문화사
펴낸곳 (주)아시아 | 출판등록 2006년 1월 27일 제406-2006-000004호
주소 서울특별시 동작구 서달로 161-1(흑석동 100-16)
전화 02.821.5055 | 팩스 02.821.5057 | 홈페이지 www.bookasia.org
ISBN 979-11-5662-043-3(set) | 979-11-5662-044-0 (04810)
값은 뒤표지에 있습니다.

K-Fiction 001
Dinner with Buffett

Written by Park Min-gyu | Translated by Jeon Seung-hee
Published by ASIA Publishers | 161-1, Seodal-ro, Dongjak-gu, Seoul, Korea
Homepage Address www.bookasia.org | Tel. (822).821.5055 | Fax. (822).821.5057
First published in Korea by ASIA Publishers 2014
ISBN 979-11-5662-043-3(set) | 979-11-5662-044-0 (04810)

바이링궐 에디션 한국 대표 소설

한국문학의 가장 중요하고 첨예한 문제의식을 가진 작가들의 대표작을 주제별로 선정!
하버드 한국학 연구원 및 세계 각국의 한국문학 전문 번역진이 참여한 번역 시리즈!
미국 하버드대학교와 컬럼비아대학교 동아시아학과, 캐나다 브리티시컬럼비아대학교 아시아
학과 등 해외 대학에서 교재로 채택!

바이링궐 에디션 한국 대표 소설 set 1

바이링궐 에디션 한국 대표 소설 set 2

금기와 욕망 Taboo and Desire

바이링궐 에디션 한국 대표 소설 set 6

운명 Fate

미의 사제들 Aesthetic Priests

식민지의 벌거벗은 자들 The Naked in the Colony